孟宗庵の記

前川佐重郎

短歌研究社

目次

孟宗庵の記

装幀　倉本　修

孟宗庵の記

句読点

原色のこゑがするなり冬枯れの公園にいま幾人《いくたり》の影

遁走のあとのしづけさいつまでもリスがのこしし小枝あかるし

大手町すぎて車中のをちこちに遠き薩摩の鼻音《びおん》のきこゆ

むせかへる花のにほひを厭ひつつ会場前のドトールに遁る

とほざかる人のすがたを見送りて句読点ひとつ呟きにけり

いつまでも端坐でゐるも口惜しき馬がおほぞら駆けめぐる夜を

入念な生《せい》のすがたよ飛来せし白鳥《しらとり》一羽おさへこみたし

前生《ぜんしやう》の夢のつづきを断ちきりてこの手に触るる真水のひかり

救済のひとつありしとおもふまで真水のひかる朝の蛇口に

内戦のイラクの報をききながら朝がゆ啜るその舌あかき

いつほどかズボンの折目まろくなり午後の陽射しにわれとりもどす

「けり」「ける」の使ひ倦きたる暁《あかとき》を「けるかも」がよし水仙さけば

「なんぢ」とも「なれ」とも「な」とも詠みつつわれが汝をきみと呼びゐつ

むつきとふ字を広辞苑に尋ぬれば「睦月《むつき》」「襁褓《むつき》」がつづきをるなり

鈴鹿おろし

いちまいの畳いわしの目の玉をかぞへてゐたり無聊といふな

ありふれた空のをちこち見渡して双眼鏡が鳥をかぞへぬ

きんいろの額縁のなかにほほゑみし女のかほに黒子《ほくろ》がふたつ

文士とふ言葉なつかしさはあれどふと怪しみて書肆を出でたり

みづ草を載せてしづもる大池のむかうに西郷隆盛が立つ

いつぽんの透明の傘さしながら雨にながるるビルを見上ぐる

気のふれたやうに探しし室内に書物、タバコはなにも語らず

まひるまの鼓ヶ浦に人気《ひとけ》なしされど幽かにもののこゑする

しろじろと不断桜《ふだんざくら》の咲きそめてただ揺るるのみ鈴鹿おろしに

いくつかの寺がつらなる細道に山中智恵子の暮しがあつた

墓石に山中の文字なかりせばかうべを垂れて智恵子を喚べり

ひとのゐぬ庭のかたすみ草の芽の現れいでぬ草思舎の昼

南極の雲のすがたの知らぬなり氷山くづるるこほりが蒼い

空き缶のころがる坂をわけもなく脚《あし》が急げり他人《ひと》もいそぎぬ

双耳

雪とはな降りしきりたる木の下に人の一身《ひとみ》の淡くしづもる

いつぽんの縄を四角にめぐらせてビルのあはひに神官が立つ

老人がつぎつぎにゆくそれなのに鳥居のなかは午前のひかり

双耳より伝はる旋律に身をまかせ車中の少女ボトルを啜る

トンネルを抜けても昏きこの昼をまがりつつゆく車中のわれも

しらほねのやうな白樺あはあはと芽をふきだしぬ東京卯月

いつぴきの蛇の骸《むくろ》にいづちより蟻あつまれり無慮せんびきが

青嵐ふきぬけし後《のち》いつしゆんを人も樹木となりて傾く

入念なひとの姿とおもふまで白磁の壺はうごかざりけり

あだばなのやうに遅れて咲きそめし八重の桜の木下を過ぎぬ

ねむりつつ目をあけてゐる男ゐてわれは車中に両目をとぢる

気がつけばトンビにバーガー攫はれた七里ヶ浜はまつぴるまなり

奈良の寺おとなひてゆくその人の洗礼名はジャンヌ・ダルクだ

きのふ来た喫煙室のありどころ今日なくなりてライターしまふ

いくつもの風に吹かれし貌《かほ》をして老爺はひとり鐘をつきたり

むらさきの幕

朴《ほほ》の葉に老いのかげりの仄みえて水無月午後のみづの重たさ

おたがひに伏流煙を浴びながら助詞の「に」の字を議論する三人《みたり》

向かひくる蚊のいつぴき打ちはらひ六畳の間にわれ独りなり

何年もねむれる時計置かれゐし仏壇の上《へ》の経《きやう》も睡れる

ただごとの歌の真摯をおもひつつ雨ふる朝に傘を選びぬ

日の暮れは夜にはあらず女男《めを》ふたり突堤の尖にうごかずにゐる

両腕におほき袋をさげながら手力《たぢから》をんなスーパーを出づ

天上にけものの姿ながめつつ三半規管に異常はあらず

死海の塩なめればただのしほなりきありがたきかなこの一壜は

いくたりもセーラー服が帰りゆく空はすかひにむらさきの幕

あたらしき畳のつづくそのむかう僧坊の壺のしろき牡丹花

全員が鳥をかぞへる空の下にひかりを浴びて白蝶よぎる

四方より人ながれくる十字路にをとこの靴ををんなが追ひぬ

盛り場はとうに毀たれにんげんがさざめくビルの間《あひ》を歩めり

ゆふぐれの衣張山《きぬばりやま》に人もうせ動かぬ雲もつひに動きぬ

あれから

透明の硝子コップのくぐもりよ昨夜零時のわれを探しぬ

つややかに光る肝臓《レバー》は皿のうへセメント通りの夜がふけゆく

いちまいの原稿用紙の感触をたしかめながら夏を忘れる

緞帳はしづかに下りてをちこちに溜息を聴くためいきの夜

白濁のカルピスするいにしへのあれから事情なにもかはらぬ

校閲者きみの額のひかりつつ終着手前の駅で降りたり

夕刊紙ひらひらさせて真向かひのガム噛む男いつまでも噛む

六人の水死の報を伝へつつ炎暑の夜をテレビが諭《さと》す

ドリップの珈琲ぶくぶく膨らむをひねもすわが家がらんどうなり

気がむいて線香あげる正午すぎ秋雨前線たれさがりたり

老人の生き死になどは問はぬなり鎌倉彫がけふも艶めく

ここからは武蔵の国とつぶやきて隧道ぬける袈裟がけのひと

ヘルメスとアレスの石膏しづもりぬギリシャを焦がす炎が遠い

「助けるな」さう言ひながらホームレス青い家ごと多摩川くだる

さかしまに映りし山に見切りつけ湖《うみ》をはなれて急坂くだる

もの思ふ影

もの思ふ影のふたつが前をゆくゼブラゾーンの白き斜かひ

深々とみどり濃くなるつばきの葉ひとの生命《いのち》を知らず過ぎたり

全身で楽《がく》を聴きゐる右のひと左のひとは眼をとぢてゐる

別人のやうな顔してわれを見ずイヌ・ネコ・インコ朝の門出に

隧道を抜ければにんげん生き返り富士を仰ぎぬモノ喰ふ人も

まつ青な甘蕉《バナナ》をむけばたちまちに不思議なけれど朝はまぶしい

しばらくはこのままぢつとしてゐたい亀が岸辺に干あがつてゐる

つれあひと二人だけなる大型車八幡宮手前でブザーを押しぬ

朝の気を掬はむとして出《い》だす手にほのかにきざす霜月の嵩《かさ》

散りいそぐ白のさざんくわさわがしく三毛の大猫さけて歩めり

鍵束を腰に揺らせて男ゆく品川駅中《えきなか》ふくらませつつ

金輪際ひるの日中《ひなか》はさけるべし時計三つが狂ひだしたり

ゆふ空のなかの山顛《さんてん》ひと気なく無音《むいん》のなかに鳶とわが四肢

いつまでも睡れる女ふいに覚め日比谷図書館いま正時なり

ひとりごと言ひつぐ男しづもれば電車は七番ホームにつけり

晩年はとほくにあらず広口の瓶《びん》の水仙あをく艶めく

ひとりのわれ

夜の電車尾をひきながら通り過ぐここに佇《た》つわれ何時《なんどき》ならむ

いちまいの鏡にうつる鶴の首ひとときわれと会話をかはす

飼ひ猫が十年《ととせ》をすぎてやうやくに女顔《をんながほ》してわれにしたがふ

朝をゆく人のすがたの形《かたち》よしわれもまじりて歩幅ひろげぬ

ゆつくりと平野がしづむ夕つかた校舎の窓の鉄棒たわむ

ナデシコが利尿にきくと人に聞き笑ひ出したり撫子《なでしこ》しらず

一着のスーツにポケットいくつある春の衢《ちまた》を黄砂がつつむ

グラスの水

青々と浮かべる惑星《ほし》のひとところ艶めく林檎まるかじりする

一片の乾《ほ》しいちじくを噛みながら駅中《えきなか》カフェに釣銭をまつ

声容はいつともなしに大きくてグラスの水のふるへやまざり

居すくんで動かぬインコ青と黄の静物なりき指さし入るる

しらとりの羽うつくしき蒼穹にわが耳朶に聴く天《そら》のしづけさ

骨格はいつものやうに長々と横たはりゐる夜《よ》が明けてまで

ここ交野《かたの》、鳥立ノ原に立ちをれば風船ガムがふくらみはじむ

大風に曲りし道をたどり来てわれもひとりの行人なりき

つぎつぎに白《しろ》さきつづく一本のさざんくわの木にやうやく馴染む

一夜かけジャムひと壜を舐めつくし戦士がむかふ朝のポストに

ぼきぼきと白墨折れば教室の石膏像がつひにうごきぬ

おもひでは購《あがな》ふべきや飛火野の鹿の糞《ふん》ひとつ掌《てのひら》に置く

もう声を出しても何もはじまらぬ背後に人がぞろぞろと来る

中年も老いやすくして寒の日に毛玉の数をかぞへてゐたり

雑踏のやうなわが部屋いつまでも天地無用を言ひつづけたり

ピンクフロイド

父と子のキャッチボールの果てもなくいのちをもちて我は近づく

たをやかな天地無用の雛人形あさくさ橋を無言でわたる

さけるべき時に避けずに街にゐる時計ふたつが正時を指せり

着想のいくつも浮かびまた消えぬ胡桃ひとつは冬の掌《て》のなか

総身をまつかに染めしひとがくる立ち停りたる我も人なり

人体のたての長さが気になりぬ盛り塩たかき人形町角《かど》

きさらぎの海にひろごる黒き影さかなも夕べ不安にゐるか

うつすらと青磁の壺のかがよへば言葉すくなき鳥の身じろぎ

六脚の椅子が寄せあふテーブルにいつぽんの薔薇ほほゑみたまふ

ドリップといふ実験装置くみたてて珈琲いれる弥生朔日

一脚の椅子にやどりし屈託をうしろにずらしその夜をはりぬ

この駅の骨格けふもかはらざり卒塔婆小町を謡ひゆくひと

背後よりものの音するゆふべなりブリキ、トタンとピンクフロイド

すこしづつ動きはじめる電線の黒きかたまりわれをうごかす

望遠鏡のぞいてをりぬ真夜中をわれはいつたい何者なのか

捺印の肉

もの言はぬ文字《もんじ》の前に立ちどまりまた歩きだす古書肆の回路

きつかりと時間がくれば灯がともる律義者なりこの電柱は

おそろしき孔雀一羽の変身よ動物園は花ざかりなり

おほあくびすれば猫にもうつりたり見れば眼窩にちひさき泪

ちりぢりにわかれてゆけり春風の尖に光れるシロバナタンポポ

へその緒の切れしふるさとぽこぽこと水に浸《つか》りし古墳の平野

居心地のわるき午後二時ひとけなき半透明のビルでひと待つ

目《め》鼻《はな》口《くち》ひとにさらすもはづかしき——緋色の薔薇が壺にしづもる

茹で卵ふたつをむけば光りつつ朝の食卓わづか明かるむ

捺印の肉の朱色のあざらけくわれにも生《せい》のあるをたしかむ

まつしろなシーツちひさく畳まれて土鳩がひくく啼きはじめたり

ばつちりと眼をみひらきて死んでゐるインコの無言にしばし圧さるる

いつときは極彩色に嗔《いか》りしをしづめて青く男が話す

早朝の春を漕ぎだす自転車を見送りながら歩くをやめず

ひとけなき青いちめんの空の下風が吹くなり品川倉庫

にんげんの姿

にんげんの姿のままに暮れゆけるみほとけの貌《かほ》瞋《いか》るをやめず

みほとけは瞋《いか》りの貌《かほ》をわれに向けぢつと動かず苦しからうに

戒壇院の真下に住めるともどちの五十年《いそとせ》を経ておなじ声せり

断ちきればその先はなし青々とあぢさゐが梅雨《つゆ》を泳いでをりぬ

いつときを雨にけぶれる鎌倉のむらさき薄きはなびらの玉

この夜の雨のしづけさ聴きながら枇杷の皮むくびはも静けし

横雨はわれの目玉をくぐりぬけ黄色の電車とほり過ぎたり

外苑の縁《へり》の彎曲あゆみをればみどり濃き人ちかづいてくる

夕つ方にんげんとなる刻《とき》がきて僧は雨傘さしていでゆく

庭すみにヘビと出遭ひてよろこびぬ蛇のきもちの解る気がする

いつまでも鏡をのぞく少年に小言をいひしかがみを覗く

ポケットの小銭も暮れて生麦の麦酒《びーる》工場にビールをあふる

静脈のふとるゆふぐれ青年は駅前広場に教《けう》を説きたり

誕生と生誕のちがひ問はれつつ四谷見附の段《きだ》に停止す

わが影をふり切れぬまま十字路にさしかかりたり独《ひと》りでゐたい

傘ささぬ人

ひろびろと海を見下ろす山上にふと縁《ふち》なしの眼鏡をはづす

アメフラシ、少年のこゑのする方《かた》にひき潮のうみ波音消しぬ

はげましを受けて海より帰り来ぬ水平線はいつも退屈

いつまでも三人《みたり》の遊戯をはらざり月を跨ぎてけふは朔日

雨粒が寄せあふやうに集まりて真夜の硝子戸孤独にあらず

立ち枯れのやうに近づく老顔《らうがん》の詩吟のこゑのながながし尾

にほひたつ舗装道路の炎昼を戸籍抄本いつぽん取りぬ

炎熱を黄《きい》さかんなる一列のひまはり黒き影を置きたり

洗はれし者のごとくに前をゆく四人《よたり》の僧侶脚韻のこす

壺に挿す花のいつぽんいつまでも後ろ向きなりどうにもならず

隣家《となり》より木魚の音のわたりきて午後の鼓膜がちひさく震ふ

傘ささぬ外人のあとカサもたぬわれも歩めり雨の火曜日

きれぎれの滝がつながる目蓋《まなぶた》をふたたび開く音のみの昼

青年の撫で肩しばし眺めつつ電車は赤坂見附に着きぬ

小鼓《こつづみ》の音とぎれたるしづけさを猫は木彫《きぼり》のやうにうごかず

少女の明日《あした》

肉体をもたぬすすきの斜めより鱗《うろこ》をもちて月のぼりきぬ

泡立草、すすきの原を侵しをりわれはすべなく月を見てゐる

家鳩のくらき啼きごゑききながらみじかき夜の月の出を待つ

もの言へば物の姿のあらはれて月の砂漠に人がたたずむ

いくつもの星を繋ぎて帰る夜《よ》をしづかに渉るきみの白道《はくだう》

月代《さかやき》の由来しらねど不可思議な髪型なりき　月ぬれてゐる

やうやくに夜のうしろをたしかめて赤き大月すと退きぬ

双眸に刃《やいば》のやうなひかり見てたちまち怒気の消ゆるを覚ゆ

いまなにも起こらぬ部屋に独りゐてオバマをうつすテレビを消しぬ

みづからの声を連れゆく暗道の右手に光る少女の明日《あした》

きんかんの実の皮はぎし自《し》が口を厭ひたれども五つを喰ひぬ

口臭のつよき男と出会ひたり明日《あした》はきつと雨が降るだろ

一拍を遅れてつづく歌ごゑに無言の猫の口元ゆるぶ

歳晩の気配などなし陋屋の蔦あかあかとわれを包囲す

Ａ４にとぢこめ置きし四千字四角に折りてあす安息日

にんげん生き物

地下道をくぐりてあふぐ天日《てんじつ》に爬虫類からにんげんとなる

にんげんの姿、かたちをととのへて搭乗口に進みしわれは

友までの距離の近さに疲れたり封書をもちてポストにむかふ

たかだかと積みあげられし生ゴミの半透明のなかの賑はひ

真向かひに座したる少年いつしゅんを帽子の下の昏《く》れてゆく貌《かほ》

本当のおまへの素顔どれだらう眼鏡はづせどそこにはゐない

吉野洞川の丸薬が日課

陀羅尼助《だらにすけ》丸三十錠を嚥下して前登志夫《としを》が腹をかきまはしたり

仏壇の前に座れば木魚など打つこともありわれは未来派

地下鉄の排気口にもにんげんの温《ぬく》もりのありわれをいざなふ

輪郭をもつのは怖《こは》いサラ金が表通りのビルを占めたり

ちかづけば口臭つよき犬なりきふと嗅いでみるわれとわが呼気《こき》

三羽ゐしインコが去ればつややかな格子が光る朝の鳥かご

鍵盤の上にいちにち動かざる蛾の片意地をそのままにする

この町に書店の消えし白昼を僧侶が経をとなへつつゆく

「癒やし」とふ言葉がいやだ神宮外苑《ぐわいゑん》の公孫樹並木の黄《き》の下にゐる

うつかりと近づきがたきは女性《によしやう》なりうしろにもゐる朝の電車に

ひさびさにサルトルのこと聴きし夜をわれの書棚に異常はあらず

三浦半島冬景色

だいこんを引きぬく手こそいぢらしい眼下に軍艦くろぐろとゆく

新巻鮭《あらまき》のかたちにサハリンぶらさがり天気図はけふ北東の風

拭き終へしガラス戸生気をとりもどし映れるわれも透明となる

長靴の脚

ひびきあふ音せいぜんと境内の竹箒《はうき》はひとをしづめてゆけり

竹箒《たけばうき》のすずめのさやぎ聴きながら歩幅ひろげる長靴の脚《あし》

広辞苑に載《の》つてゐますといふひとを疑つてゐる大言海派

たづね来し人おくりだす西空に視てきたやうな夕焼けがある

「かはります」さう言ひて立つ青年に通勤電車はすこしおどろく

丸顔と三角顔とむかし顔ともに呑みつつ論議一致す

朔日の大桟橋がひかりつつ浮標のやうに海鳥《うみどり》うかぶ

腹中に鮠《はや》およがせし大人《うし》逝きてわが眼のまへの青き三輪山

吉野より三輪《みわ》山に架けにし大橋をわたりゆきけむうたびと一人

国中《くんなか》をはしる電車のくろぐろと影を置きたり笠縫あたり

三輪山が青くたたずむ夕まぐれ山のかたちにひとも鎮もる

佐美雄より登志夫につぎていまわれは三輪《みわ》山にむかひて人を思へり

たえまなく小銭ふれあふ音すなり賽銭箱のみだりがはしき

ファックスとハガキの文字のかすみつつ平成異変われにも来たる

オランウータン

冬雨をわづかに受けし傘たたみにんげんわれは地下街をゆく

斜《なな》めより光をうけて五弁花のサクラ草にも影ができてる

思想兵いまだもとほき人間のたましひ在りき朝粥《あさがゆ》をする

昇りつつ二人《ふたり》となりしエレベーター背後の影に殺気はあらず

相憎むことの諸々しらずなり築地市場の空の明るさ

掘りすすむ移転市場の土くれよ凍土にありしマンモスおもふ

四股を踏むひとの姿をいまは見ず両国の街ひと細りゆく

まつすぐに夕陽さしこむ檻の辺《へ》にオランウータンの夜を思へり

ふた月を形《かたち》よろしと見つめをれば林檎はつひに顔色《かほいろ》かへぬ

青年はこゑをつぶしてやうやくに能面《めん》が謡へりあの世の女

夕闇も風もながれるキャンパスを平均律のピアノがひびく

うつくしき箸の使ひ手まへにして虎魚《をこぜ》は皿に横たはりたり

夕闇をつめこみながら走りだすブルートレイン行く先あるか

大部屋の論議はつきず窓外に何事もなく咲く白木蓮

毛皮着た女性がゐない早春の銀座通りを小犬が歩く

左利《ギッチョ》き

うちつけに少女のあたま肩に触れ車内のわれの鼻孔がひらく

古綿《ふるわた》のやうに睡れる老いひとり常磐線は松戸を過ぎて

むかうからトタンのバケツさげて来る老いびとひとり昼間といふに

孫歌《まごうた》を詠むなと言ひしこのわれが子の子に左利《ギッチョ》きをからかはれをり

いま上野におはすと聞きし阿修羅像われはこれから奈良へと向かふ

遁《に》げだしたコウノトリにも理由《わけ》がある動物園は赤子がいっぱい

かたはらを連翹の黄《きい》かたぶけば風によぢれた男ちかづく

熱気ある言葉のみちる室内にジャスミンの香が行き場うしなふ

耳穴に綿棒いれて仰向けの床屋の椅子の何某《なにがし》われは

得手勝手者といはむか桜木《さくらぎ》にぶらさがりをり花は耐へてる

職人の手わざうるはしき玉子焼かれらは玉子を食つてをるのか

左手にパラソルをもつ貴婦人が絵の奥ふかく眼をひらきをり

三角の白ナフキンのしづもりて宴のあいさつ終るを待ちぬ

午後よりの論議はつきず湿気なき男のこゑがわれを滲ます

小僧

さしかはす枝つやめきしなかぞらを初夏のつばさが音たてずゆく

からたちの棘の長さをはかりつつ花弁の白き花にちかづく

葬列を見送りにつつ右の手の黒き数珠玉ひかりはじめぬ

さかなより鳥が自由と言ひつのりふと人間がむづかしくなる

対《むか》ひあふ南大門の仁王像かれらの会話をわれも聞きたし

門前に小僧は居らず境内に煙のやうなこゑがひびけり

雨傘に雨をあつめて歩みゆくゼブラゾーンの女と男

ひさびさにヨードチンキのにほひ嗅ぐわが脛《はぎ》の傷にはかにいとし

ほほづきの鉢を片手にさげてゆく人の下《さが》り目梅雨ふかむころ

浮力なき一身《ひとみ》湯舟にしづめつつ雨のトカラ列島の人をおもへり

保守派とも革新派ともつかぬまま水蜜桃をほほばるわれは

ぎんいろの街にあそびて遠くより雨の呼ぶこゑ聴く十四時半

緞帳《どんちやう》のしづかに降りる寸前を折畳み傘にぎりなほしぬ

海岸にわだちの跡のくきやかな葉月のジープ愁ひのこさず

一方《ひとかた》に寄りゆく雲の幾片《いくひら》を見とめてわれは立ちあがりたり

悪霊

大仏の胎内《はら》に入りて一瞬を消化されたき芥、雑念　（鎌倉大仏）

大仏を奈良と鎌倉くらぶれど判者にかへる仕置がこはい

いとはしきマナーモードといふ言葉ケイタイもたぬ車中のわれは

磐座《いはくら》をとほのぞみつつゆくわれの全山あはく青くけぶれる

うたびとのむれのいくつか歩みゆく大和国中《くんなか》三諸《みもろ》への道

もの言ひて翔びゆく鳥のいくつかの真下の水田《みづた》ひかりをましぬ

みんなみにつづくほそ径たどりつつ風にまぎれて風となりゆく

風かよふ山の辺の道に出遭《であ》ひたり繭《まゆ》のやうなるひとつの社《やしろ》

甘やかな夏はそこまで、白砂に住所不定の自《し》が影くるる

新訳の『悪霊』ひらく数十分ねむりのなかに人を待ちをり

市ヶ谷にマスクの男女《なんにょ》とすれちがひ外濠のみづ生臭きかな

白マスクばかりの電車を乗りついでけふ一日の過去を記しぬ

鉄瓶をかたむけながら酒そそぐ、男の秋はそこで停まれよ

翅あるもの

たえまなく波が崩れる磯に佇ち一身《ひとみ》の器官みな震へだす

クレパスの金色つかひ描《か》く絵にもことわりありき、夕陽がしづむ

突堤を歩幅をそろへ歩みつつ好みの風に吹かれつづける

透明のビニール傘のうすら闇まるいマスクが寄り添ひてゆく

体内の管《くだ》ふるはせて鳴く鳥のかたへに独り思考停止す

難読の山中智恵子の文字を解き山の上ホテルに紅茶をすする

飛行船あはあはとゆくを見届けてふと昂ぶりし眼の熱きかな

柿の果《くわ》の熟るるは早し夕つかた枝の向かうに木星ひかる

ゴキブリが斜かひに飛ぶ部屋ぬちに翅《はね》あるものをすべてにくめり

待つことの愉しみわれの知らぬこと鎌倉大仏ぢつと動かず

脳内にひと棲みついて離れざりわれは只今いづこにゐるか

左手で書きたる文字を眺めつつコクヨの枡目、四角が歪む

色なき言葉

いつときを踊るかたちに立つてゐた朝のラッシュのわれの総身《そうみ》は

自販機の無駄なきことを疑はず無言のままにつり銭を吐く

勧誘のこゑきれぎれに届くなり雨後の陽射しが徐々に伸びきて

ブーツ履く女はすでに棒となり車中のわれを取り囲みたり

妥協のほか途《みち》はなきかと微笑《わら》ひたる友のゑくぼにわれはうなづく

参道を綿菓子ふたつ手にもちてけむりのやうな童女がよぎる

色のなき言葉を吐きてしづもれる越前水仙にほふテーブル

沙汰やみのやうに終りしモズのこゑ深閑として梢の寒さ

生国《しやうこく》はどこかと訊かれふるさとは燃えてゐますと応《こた》へておきぬ

喧嘩して三日《みつか》もせぬうち届きたる火種うづめた便箋三枚

猫の目のとどく範囲にわれはゐて際限もなく〈柿の種〉食ふ

まつ黒な外套の人とすれちがひ眼《まなこ》のなかに粉雪はらふ

ああ憎きこの飼ひ猫とおもふまで仮死のすがたのやうに眠れる

二歩三歩あとずさりするわが猫の性根がいやだたれに似たのか

湿度もつ犬の眼《まなこ》にみつめられネコ派のわれがふらついてゐる

イカの腸《わた》ずるりと抜いて夕暮をなにも感じぬ手先を怪しむ

鈍痛のやうな響きを残しつつ空やぶりゆく三つの機影

とどめ置くことばはもたず散りしける山茶花の白のこらず褪せて

青き児《こ》がいくたりもゐる産院になぜ来たのだらうか理由《わけ》もわからず

飼ひ猫といへども怖《こは》い両の目に殺気をもちて夜を光れる

硝子戸にべつたり貼りつく夕陽みて今日のひと日を全部わすれる

言はでものことを述べたるその夜の鰺の小骨がのどにとどまる

やはらかな砂丘の上に雲のなく月が寒さに震へてをりぬ

包丁をもてあそびたる指先のおそろしきまで血は明かるみて

脚がゆき拳《こぶし》ゆきかふ雑踏をわれもゆきたり真顔のままに

にんげんの内側なんぞわからない鏡に映るわれの夜《よ》の顔

奔走家あまたゐたりし学園にタテカン見えずさくら芽を出す

なつかしき言葉のひとつアナキズム、汐留サイトの高層ビル群

はるがすみ睡れるやうに流れをりいつか来た道たどるほかなし

地下足袋のしづけき音の向かうから遠い昔がやつて来るなり

無臭の猫

おそらくは海より青い背《せな》のいろ寒流の魚割《うをさ》きつつおもふ

やはらかき傷口とざす膜《まく》はれば脛《すね》にも淡き春の予感す

ひとのこゑ遠く近くにさざめきて鼻濁音するゆふべの停車場《ホーム》

いつまでも女男《めを》が忘れし影ふたつ鎌倉のうみに夜が近づく

かつきりと黒のかたちにしづもりて無臭の猫がわが膝にゐる

あれこれと髪の毛いぢる少年が鏡のなかに消えてゆきたり

いくたりか帰つたあとの静けさを客間の座ぶとん微熱をもちて

ケイタイを左の耳に聴く人の右耳《みぎみみ》はいま何をしてゐる

にんげんが魚《さかな》であつた世をおもひ日暮れて雑踏のなかをさまよふ

みづからの影をうしなふ真昼なり尖りし街がゆつくりしづむ

差し出せばわがてのひらにかすかなる針葉樹林の木洩れ陽とどく

ホッチキスうつだけうつてポマードの人と出会ひぬ高層の階

倒立をしたままぢつと動かざるヨーガ指導者の春の居眠り

春の陽は重たきまでにおほひきて行きかふ人をおぼろにしたり

地まはりの猫にさかなを与へつつわれの正体わからなくなる

この路地に春のかなしみやつて来て黒のピアノが運ばれてゆく

ゴム草履の足跡ひたひた従《つ》いてくる七里ヶ浜に穀雨しづけし

湯にしづむわが身かろきをあそびつつふと透明のかなしみ来たる

とほき顔ちかき顔などおもひつつ花瓶いつぱい菜の花咲かす

こねまはし弄《いぢ》りまはしたこの陶器われの歳月どこへいつたか

ひさびさに樟脳のにほひ嗅ぎながらわが式服に姿勢をただす

あたらしき眼鏡をかけてゆく街はなにも変らず埃《ほこり》が濃ゆい

電柱を台湾リスがかけのぼり初夏のにほひの中に消えたり

吉野葛糸を引きつつ食《た》ぶれば魑魅《ちみ》すむ山は雨あがりなり

指先でまはす地球儀ゆるやかに風が吹くなり独りの部屋に

漁火の見える岬に佇ちながら漁夫の腕《かひな》の雫《しづく》おもへり

なにごとか鏡にむかひ独語する式場のトイレの半白の人

巻貝の渦のたしかさ見届けてでんでん虫を葉より剝がしぬ

いまわれは何処にゐるのか鐘のおと渦のかたちに空きしみだす

まつ黒に五重塔がたたずめばたそがれの空を鳥が逃げだす

人体の水

ネコ笑ふその一瞬に出会ふため二匹の野良を飼ひつづけをり

人の死の距離をはかりて夕暮を黄色のインコ部屋に放てり

あたふたと書籍とりだす棚の上《へ》に十年前の埃《ほこり》うごかず

寝姿は駈けるかたちの子のむすめ、われが家系のひとつの不思議

陋屋の主《あるじ》といへどそこかしこ直せばことさら青き大空

大空に突きだす峰に目礼し明日の予定を白紙にもどす

消えうせた野良の一匹案じつつ間食すこし控へはじめぬ

人体の水の嵩などおもひつつ痩せ細りたる義父《ちち》と真向かふ

刻々と重さ感ずるゆふつかた方形の部屋で目薬たらす

いくたびも広場を駆ける幼にも物体として影が伸びたり

下手物《げてもの》をよろこぶ人をあなどれず夜店に近づくわれの両の眼

鳥籠のとりのかなしみ知らずなり江ノ島沖に白帆が浮かぶ

髪の毛の長き一本うかびゐる湯舟につかり物を想はず

返済をすべて終へたる顔をしてサウナ風呂より出できし男

鼻の穴ほじる若者とがめつつなにやら鼻がむず痒くなる

なにごとか起きる気配を漂はせわれに近づく打楽器の列

みつしりと池を占めたる蓮の葉がわれの懈怠の日々を責めをる

バス停に寄り添ひながら立つてゐるこの夏の日のわれ蠟人形

ひとしきり驟雨のありてそののちに長靴ひかる月夜の狭庭

ひとつぶの葡萄の皮を剝きをれば、あないぢましきわれとわが指

吹き替への男のこゑの野太くてテレビ映画の深夜が濁る

群がりて喋る老人《おいびと》そのこゑの卑語のきれぎれ聴くともなしに

飴色の住職の額《ひたひ》おもひつつ日照りの道をことさら急ぐ

おそろしき切磋琢磨といふ言葉われとわが身が消えてゆくなり

とつぜんにライオン吼える夕暮を動物園に静寂きたる

透明のガラスのやうに抜けてゆく言葉がわれを痙攣させせる

いくつもの鏡に映るわが顔を思ひだしつつ下剤をのみぬ

一族をとりしきりたるあらくれが土偶のやうに門《かど》に佇ちをり

現実はかくのごとしと眼をつむる老人《おいびと》の睫毛をわれは見てゐる

涼風《すずかぜ》の吹きぬけてゆくひとところ埴輪の馬の空ろの眼窩

吊り革

紅葉を引き寄せながら陶然と足湯につかる青年が老ゆ

丸顔が多くなつたと嘆きつつ易者はわれの骨相をみる

差別語を禁じることを肯へどあまたの蔵書ちぢみはじめる

吊り革に残るぬくもりそのままに山手線をふた駅すぎぬ

樟脳のにほひを残す式服に黄泉《よみ》のひとびと行き交ひにけり

三匹の犬の骨壺置いたままわれは寝てゐる部屋のにぎはひ

あかね雲かがやく街の古書店にイスラム経典しづもりてあり

傘もたぬピアスの青年はしりゆき点滅信号の赤も濡れたり

それぞれの棘のするどさ競ひつつ花屋の薔薇が囁き交はす

とつぜんに冬が来たりと思ふまでシャツよりも白き君の吐く息

晩秋の光のなかに街をゆく力士がつくる影のしづけさ

とほくより異口同音のこゑ聴えこの街われを隔てつづける

口論ののちの虚しさ大空の鳥の言葉を解きてうなづく

砂浜を夕陽に向かひ屈みつつ背黒かもめを指しし人はや

わたつみの青をへだてる粗砂《あらすな》に馬の足跡《あしあと》こぼれてゐたり

領土とはかくも危ふきものにして公孫樹並木が異臭を落す

古国《ふるくに》に帰りてみれば影もなし夜盗のやうに坂道はしる

バスタブに身を浸しつつ奈良の夜をひと日のわれの足跡あらふ

百ワットの白熱灯に照らされて脛《すね》だしながら夜の爪きる

友の死は神の戯《ざ》れごとさはあれど樒《しきみ》の青き葉に触れんとす

両の目を開いたままに横たはる月の輪グマのかなしみしらず

いつになく猫の会議の長びきて夜の空気がふくらんでゐる

真昼間の畳のうへの地図帳の大江山に棲む人のはるけさ

トランクスの老いびと走る海岸にわれは黙つて海に近づく

上下するトビの翼のゆふまぐれ凪ぎたる海の青よりしづか

まなぶたを閉ぢれば浮かぶ立山の風をわけゆく君の鼻すぢ

むかし着たトレンチコート取り出せば身体《からだ》がにつと笑つてをりぬ

前をゆく他人《ひと》の影ふむ夕暮を黄の木星が光りはじめる

おそろしき夢のつづきか三羽、四羽カラスがわれを追ひかけてくる

つややかな面《おもて》をあげる老いびとの眼のなかにある空襲の街

円筒のポスト

透きとほる母子《ははこ》のこゑを聴きながら冬の疎林に歓喜をひろふ

瓦屋根光れる夜半のしづけさを真白き月がネコふり落す

三十年《みそとせ》を過ぎて会ひたる友の眼は遠いむかしのわれを視てゐる

想ひ出を語りつぐのはそこまでに生臭くなるお前の額《ひたひ》

うつくしき想ひ出だけを映しだす夕焼け空がふと憎くなる

ゆつくりと皺をつくりて喋りだす縄文人のきみの眉間は

十年を過ぎてわが家に居つきたる野良出身のネコ叱りをり

円筒のポストの温み感じつつポストの口に手を差し入れぬ

早々に切つた電話に悔いのこす涙ぐましき勧誘のこゑ

感情の起伏なき日を過ごしきて空がかたぶく真四角の窓

濹東に世間を見おろす塔のびて永井荷風もにげてしもうた

老いびとに席を譲つたその夜の鏡のなかの老いびとひとり

形見とはおもひのほかの重荷なり振子時計の音鳴りやまず

につぽんの十六夜の月めでながらカリフォルニアに帰る義妹《いもうと》

白黒をつけるテレビのきはやかに団十郎の素顔を映す

いざなふはけだものどもの睦言か今夜はネコを引きとめておく

水槽のさかなはいつも寡黙にてわれを隔てる硝子いちまい

白旗をかかげたやうな形《かたち》して冬の帆舟が磯に近づく

横須賀にしづもる艦《ふね》はまだゐるか屈まりながら靴ひも結ぶ

とつぜんに釣りあげられし魚《うを》の眼はまばたきもせず空を見てゐる

遡上するさかなの群れを見下ろしてやうやく家に帰りたくなる

夕焼けの映る車中にゆくりなく真っ赤な力士がケイタイを打つ

吊り革をにぎる他人《ひと》の手白金の指輪の光が言葉をはなつ

銀いろのフォーク、ナイフを振りかざしけもののやうに肉を食らへり

後楽園ホールの明かりのひとところ敗者と勝者が抱き合ひにけり

もの忘れする暇もなくいちにちを家電の囲む部屋にをりたり

さむぞらに飛行機雲の消えのこりこはされやすき空のしづけさ

胸騒ぎするほどでなしさはあれど赤く大きな月を見捨てる

前をゆく男の背《せな》が遠くなり口笛の音《ね》が夜《よ》をふかくする

いつほどか暗がり過ぎてあけすけの商店街のただなかにゐる

怪雨

背後より近づいてくる靴音に怪雨《あやしあめ》ふる水無月の夜

遁げ去つた外つ国の人おもほえば濁る街なみ透明となる

外つ国の人らが遁げた真実《まこと》など知らずわれらは核をかくまふ

原発をおもへば遠く近くある太平洋に降るつかの間の雨

につぽんの原発の数かぞへつつ古きわが家のかんぬきかける

とほき日に島根原発みてまはり透きとほりたる水にちかづく

にんげんの生きた証《あかし》をとどめたる瓦礫の山に寄りゆくこころ

討論は一休みしてそののちに疑似人間が立ち上がりたり

午後二時の霞ヶ関のただ中に真空人間音もなくゆく

気がつけば恐龍館はしづもりて無臭人間ばかりただよふ

あぢさゐの寺へ向かへる女《め》男《を》あまた稀少人間ここには居ない

いくつかの出来心さへ見過ごして時の岸辺に佇《た》ちつづけたり

一生がひとつの嘘とおもふまで無菌の人がわれに近づく

ひむがしに流るる雲を見上げゐる都会の牛の孤独をしらず

六月の葦簀《よしず》張りのひとところ帽子をかぶつた魔女がかけこむ

やうやくに建ち始めたる海の家なぜだか秋の匂ひするなり

いつになく湿気を帯びて迫りくる猫のひたひの明かるむ夜は

ゆつくりと光のなかを歩みゆくブルータスこそわれの輩《ともがら》

とほき日の太陽族が現はれて都庁七階のトイレに入る

欲望の重さをはかるやうにして延命地蔵が左手《ゆんで》をひらく

おそろしきクールビズの季節なりわれは五体を煙につつむ

手を合はせよぎる僧侶をふり返り思ひ出したる飲みさしの液

元野良の猫の脳《なづき》に残りゐるわが眼のなかのちひさな敵意

淋しさの評論なんぞむづかしい海岸線を歩きつづける

六月の天文手帳ひらきをれば届けてくれしは光であつた

海面をひつかくやうな波がきて初夏のサーファー光りつつ消ゆ

とのへばとどのふほどに不可思議な貌《かたち》となつたバリカン男

神仏はわれにも時に宿るらし無言の花にほほゑみおくる

地雨《ぢあめ》ふるこの一月をしめやかに赤塚不二夫と過ごしてゐたり

無に還る

灰色の髪の男が図書館の一角しめて本にもの言ふ

般若心経《しんぎやう》と聖書おかるる部屋ぬちに洗ひざらしのわれが寝そべる

結論の出せぬ論議にかぎりなく男は夜を液化してゆく

無に還るものの姿のたしかなる鏡の前の人体われは

熱病のいはれひとつを取り除き静かに傾《かし》ぐ夜《よ》の水枕

ごきぶりが翅をひろげて飛ぶ刹那ちひさな敵意おしころしたり

送りびととなりしその数《かず》かぞへつつ螺旋階段くだる心地す

ひさびさに友と会ひゐてそののちに頭のなかが濃くなつてゐる

吊るされた牛数頭を眺めつつ解体といふ言葉をおもふ

いちじくを剝きつつをれば緩やかな季節の午後が進みはじめる

豆腐屋のとうふは水に沈みをりこの静けさを人は侵すな

さるすべり咲きつぐ空のそのむかう飛行機雲がこはれてゆきぬ

言ひすぎた言葉ふたつを取りはづし便箋三枚したためにけり

名も告げぬ受話器の声を聴きながらちひさな憎悪ふくらんでくる

節電と節酒の家に立ち寄れば物の怪のやうな主《あるじ》のゐがほ

半顔《はんがん》に白い光をあてながら男ちかづく月の夜の路地

世《よ》が世ならなどと言ふ人あてにせず地蔵菩薩に頭をさげる

指先に風が触れゆく切り岸に立ちておもへりその先の生《せい》

大海《おほうみ》を背負ふ心地す剣崎《けんざき》の灯台のもとに張りつくわれは

真向かひてまた斜《はす》に見て腑におちる慈母観音は女性であつた

仏前に般若心経となへ終へ膝立てて聴く真昼のショパン

我がこころ褪せたる夏に書くことば残暑、残暑と日の暮るるまで

地下街の中央通路の午後六時さかなのやうに人およぐなり

飛鳥にて共に歌会たのしんだ河野裕子のちひさなゑくぼ

黙読をしてゐた人が突然に声だしてゐるわれの隣席

音もなく数羽のトビがあらはれて西方《にしかた》の空をかきまはしたり

急ぐことなけれどいそぐ路地先に「東国食堂」けふが開店

まはり道してやつて来た海岸の有るか無しかの波のしづけさ

ヨハネ伝十二章を読みながら小さな頭にねぢこむわれは

鳥のことば

冬の海を泳ぎてもどる真青《まさを》なる男はしづかに結晶したり

ともあれど明日のことなど分からぬに相模の海もさかまきだちぬ

清朗といへどもやはきわが裡《うち》の地鳴りを聞きてあやふさを知る

抜錨をいまかと待ちて身じろがず戦艦三笠は横須賀にゐる

まぼろしを追ひたる人を追ひこして黙然と佇《た》つ男の明日は

窓といふ窓を拭きたるこの朝を光の速さたしかめてゐる

ふるさとに居坐る人を惜しみつつ相模の海を遠ざけてゐる

ひなびたる街といへどもこのまちは卵のやうな光をもちて

この日から夜のむらさき渡りゆく鳥のことばにわれもうなづく

削られてゆくわが道を想ひつつ振りわけてゐる今日《けふ》と明日《あした》と

美しき幻として一日《いちにち》を過ごしてきたり豹がわが家に

いつまでもぢつとしてはゐられない空と水とに浮かぶ白雲

猿どもがひつかくやうな声をして檻の内側まがまがしけれ

人間とおなじ姿の人形が笑ひ出したりわたしは真顔

ゴリラにはゴリラの仕事あるならむ黙念としてわれを見つめる

乱反射してゐるやうな他人《ひと》の眼を覗き込んでる車中の人は

原発を愛する人を愛しつつわれはカラスとなりて騒げり

べつだんに変ることなどなけれども切所に立つたあの日のわれは

月光を浴びつつ行けば人間の命数はかることさらわれの

その人の気持になれば夜《よ》がひらく東の空の星のしづけさ

電線にとまるカラスに御辞儀して黄昏どきをことなく帰る

無益なる殺生かさね生きてきた昆虫館の昆虫に謝す

早すぎる異動を惜しむ日にありてわれは眼《まなこ》を閉ぢて開きぬ

赤腹《あかはら》を見せつつ船が横たはり人間の時間とだえたままに

さびしさは腸の下からやつて来てやがて首すぢゆつくり上《のぼ》る

立つたまま飯《めし》を食ひつつものを言ふ申《さる》どし生れの友の奇癖は

たてなほすわれの体軀をおもほえば愛猫さへもわが裡《うち》を視る

南走す人の声ごゑ聞きながらわが身をくるむ外套の熱

苦しみをひつくるめてもまだ足りぬ釣りあげられし鯛のしづけさ

しつこさを心得てゐる冬の蚊のわれにまとはることこそ嬉し

後記

この歌集『孟宗庵の記』は、私の二〇〇六年の『不連続線』につぐ四番目のもので五百二十七首を一冊とした。このように極めて歌集が少ないのは、すべて自らの怠慢によるものであると言わざるを得ない。しかも、長年にわたり想を練ったものでもない。また、東日本大震災の時に、私は福島県の人達などに大きな手を差し延べることも出来なかった。

しかし、想を練ったところで、自ら納得できる作品が生れるものでもない。ともかくも、自らに納得すべく詠むことが大切だと考えている。ところが、いざ作品が活字になった後に読んでみると、残念ながら意に反して納得できるものとも思えない。

人間が人間であることを確かめるために私は短歌という詩型を選んだつ

もりだが、このことは、私以外の人に確かめていただく以外に方法がない。それがある意味で短歌のもつ難しさであり、面白さであると私自身は考えている。

さて、この集の題名『孟宗庵の記』の孟宗庵は、私の家の裏庭に自生している孟宗竹のことである。この竹は極めて太い竹で、毎年、春にたけのこが姿を見せる。しかし、放っておくと、高々と伸びるばかりか、隣家の庭にも侵入してゆく。したがって、たけのこの頃に、早々に掘ってしまわなくてはいけない。それを忘れないために〈孟宗庵〉とした。

終りに二〇一〇年から二〇一二年にかけて八回にわたる連載を歌集にまとめる機会をいただいた短歌研究社の堀山和子編集長、スタッフの皆様に大変お世話になったことを、厚く感謝し、御礼を申し上げる。

二〇一二年六月十日

前川佐重郎

検印省略

平成二十五年四月八日　印刷発行

歌集　孟宗庵《まうそうあん》の記《き》

定価　本体三〇〇〇円（税別）

著　者　前《まへ》川《かは》佐《さ》重《ぢゆう》郎《らう》

発行者　堀山和子

発行所　短歌研究社

郵便番号一一二—〇〇一三
東京都文京区音羽一—一七—一四　音羽YKビル
電話〇三（三九四四）四八二二・四八三三
振替〇〇一九〇—九—二四三七五番

印刷者　豊国印刷
製本者　牧製本

ISBN 978-4-86272-314-7　C0092　¥3000E

短歌研究社　出版目録

＊価格は本体価格（税別）です。

歌集	明媚な闇	尾崎まゆみ著	四六判	一七六頁	二六六七円	〒二〇〇円
歌集	大女伝説	松村由利子著	四六判	一七六頁	二五〇〇円	〒二〇〇円
歌集	薔薇図譜	三井修著	A5判	二四〇頁	三〇〇〇円	〒二〇〇円
歌集	天意	桑原正紀著	四六判	一九二頁	二七〇〇円	〒二〇〇円
歌集	蓬歳断想録	島田修三著	A5判	二〇八頁	三〇〇〇円	〒二〇〇円
歌集	天地眼	蒔田さくら子著	四六判	一九六頁	三〇〇〇円	〒二〇〇円
歌集	金の雨	横山未来子著	四六判	二三六頁	二八〇〇円	〒二〇〇円
歌集	あやはべる	米川千嘉子著	四六判	一九二頁	三〇〇〇円	〒二〇〇円
歌集	青銀色　あをみづがね	宮英子著	A5変型	二三二頁	三〇〇〇円	〒二〇〇円
歌集	流れ	佐伯裕子著	A5判	一六〇頁	三〇〇〇円	〒二〇〇円
文庫本	大西民子歌集（増補『風の曼陀羅』）	大西民子著		二一六頁	一七九六円	〒一〇〇円
文庫本	馬場あき子歌集	馬場あき子著		一七六頁	一二〇〇円	〒一〇〇円
文庫本	島田修二歌集（増補『行路』）	島田修二著		二四八頁	一七一四円	〒一〇〇円
文庫本	塚本邦雄歌集	塚本邦雄著		二〇八頁	一七四八円	〒一〇〇円
文庫本	上田三四二全歌集	上田三四二著		三八四頁	二七一八円	〒一〇〇円
文庫本	春日井建歌集	春日井建著		一八四頁	一九〇五円	〒一〇〇円
文庫本	佐佐木幸綱歌集	佐佐木幸綱著		二〇八頁	一九〇五円	〒一〇〇円
文庫本	高野公彦歌集	高野公彦著		一九二頁	一九〇五円	〒一〇〇円
文庫本	続馬場あき子歌集	馬場あき子著		一九二頁	一九〇五円	〒一〇〇円
文庫本	前登志夫歌集	前登志夫著		二〇八頁	一九〇五円	〒一〇〇円